大空少年 3
机器人运动会

[澳大利亚] 坎迪丝·莱蒙-斯科特 / 著
[澳大利亚] 塞莱斯特·休姆 / 绘
毛颖捷 译

电子工业出版社
Publishing House of Electronics Industry
北京·BEIJING

Jake in Space: Robot Games

First Published in Australia 2014 by New Frontier Publishing Pty Ltd

Text copyright © 2014 Candice Lemon-Scott

Illustrations copyright © 2014 New Frontier Publishing

Translation rights arranged through Australian Licensing Corporation

本书中文简体版专有出版权由 New Frontier Publishing Pty Ltd 通过 Australian Licensing Corporation Pty Ltd 授予电子工业出版社，未经许可，不得以任何方式复制或抄袭本书的任何部分。

版权贸易合同登记号 图字：01-2017-6969

图书在版编目（CIP）数据

太空少年. 机器人运动会 /（澳）坎迪丝·莱蒙-斯科特（Candice Lemon-Scott）著；（澳）塞莱斯特·休姆（Celeste Hulme）绘；毛颖捷译. -- 北京：电子工业出版社，2018.1

书名原文：Jake in Space: Robot Games

ISBN 978-7-121-32799-5

Ⅰ. ①太… Ⅱ. ①坎… ②塞… ③毛… Ⅲ. ①儿童小说－科学幻想小说－澳大利亚－现代 Ⅳ. ① I611.84

中国版本图书馆 CIP 数据核字 (2017) 第 238346 号

策划编辑：苏　琪
责任编辑：王树伟
文字编辑：吕姝琪　温　婷
特约策划：毛颖捷
印　　刷：北京天宇星印刷厂
装　　订：北京天宇星印刷厂
出版发行：电子工业出版社
　　　　　北京市海淀区万寿路173信箱　　邮编：100036
开　　本：787×1092　1/32　印张：20.75　字数：531.2千字
版　　次：2018年1月第1版
印　　次：2024年8月第19次印刷
定　　价：120.00元（全套6册）

凡所购买电子工业出版社图书有缺损问题，请向购买书店调换。若书店售缺，请与本社发行部联系，联系及邮购电话：（010）88254888，88258888。
质量投诉请发邮件至zlts@phei.com.cn，盗版侵权举报请发邮件至dbqq@phei.com.cn。
本书咨询联系方式：（010）88254164（转1865），dongzy@phei.com.cn。

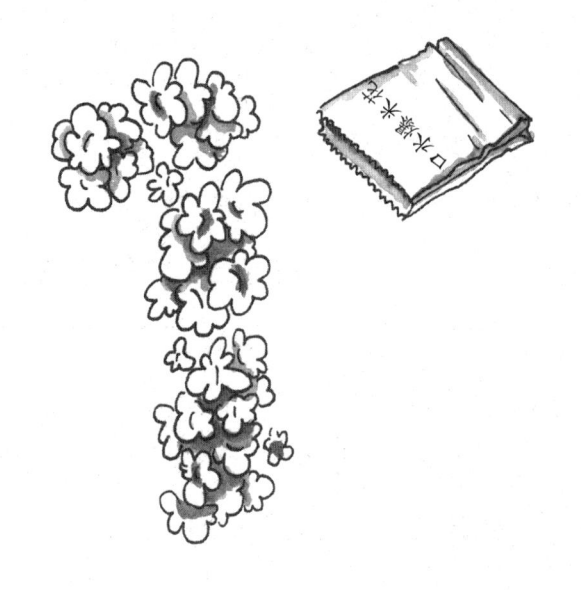

嚯！ 一个有着喷气式飞行翼的机器人径直从杰克和他的朋友们身边飞过，看起来像是人和飞机的结合体。机器人升空的时候，杰克能闻到一股燃料的气味。它喷嘴里释放出的热量十分强烈，都快把杰克脸上的皮肤点着了。

轰！另外一个机器人又不知从哪儿冒了出来。当它轰鸣而过的时候，杰克被吓得跳了起来，手里的饮料洒了自己一身。彩虹色的泡泡涌出来，洒到他的裤子上，搞得又湿又乱。

"真是好极了！"他咕哝着，从衬衫口袋里拉出一条速干布。

"快……快看！"罗里用胳膊捅他的时候，杰克还在忙着擦干裤子。他顺着罗里的目光往上看，惊讶得下巴都要掉下来了。八个喷气式机器人停在半空中组成了一个圈，机翼都快挨到一起了。然后它们开始旋转，越来越快，最后天上似乎出现了一个黑色的圆盘。

场馆里响起电脑的声音："欢迎来到四十年一届的第十二届机器人运动会。"

人群大声欢呼。机器人运动会的场馆位于一个火山口里，场馆里有一百多层观众席。杰

克看看四周，这里太大了，几乎望不到对面的人群。他只能根据不同颜色的旗帜，分辨出不同的机器人队。太空出租车不时呼啸而过，或垂直或水平地飞行着，载着人们在运动场里来来往往。对有些观众而言，这里大得要上厕所都没办法靠步行。

杰克和他的朋友们——天天、罗里和米莉——当天一大早就被父母们送来了，这样他们可以观看一整天的比赛。他们的门票是赢得火箭杯太空车挑战赛的奖品。几周以来，他们在家里和学校里密切关注着关于这场运动会的各种消息。这个盛会是发明家、工程师和设计师展示他们机器人产品的重要机会。

由于一票难求，全场座无虚席，唯一的空位在杰克身边。他真想知道这个座位的主人怎么了，这么幸运得到了票还不珍惜。没有票的粉丝们只能从一个横亘太阳系的天空巨幕中观看运动会，大批的观众从各地聚集来观看这场盛会。

只是开幕式，已经让杰克觉得机器人运动会超乎想象，他看到朋友们也被震惊了。罗里、米莉和天天也正全神贯注盯着天空。

喷气式机器人停止旋转，然后以惊人的速度垂直冲向场馆。亮红和亮橘色火焰从它们尾部喷射出来，在天空留下八条彩色的条纹。然后它们又绕着运动场疾飞了一圈，最后穿过中层选手区，消失了。人群再次鼓掌欢呼。

"哇哦！这真是不可思议。"罗里惊叹。

"机翼设计真酷！"天天说。

"那接下来是什么？"米莉问。

杰克打开平板电脑，输入搜索关键词，机器人运动会场馆游行的3D图映射出来。

"公开游行,然后是……"他在屏幕上翻飞着手指,第一场机器人赛事的微型图出现了,"机器人跳高。"

罗里看向屏幕:"哇!弹跳式——耶!"

"没那么难,这种技术已经存在了几个世纪了。"

他们四个一起转过身来。亨利,他们的电子人朋友在杰克旁边的空座位上坐了下来。他打开一个小包,里面装着他们以前从没见过的膨化零食。他把零食直接倒进了嘴里,那些食物就在亨利的嘴里爆开了,杰克看着亨利的脸颊鼓成了一个气球。

"你想要尝尝吗?"亨利把袋子递给杰克,含糊地说。

"呃……这是什么?"杰克皱着眉头问。

"口水爆米花。"亨利回答。

"呃，不用了，谢谢。"杰克连连摇头。

"我不知道你也有票的。"罗里哀怨地说。

亨利吸了吸腮帮子，杰克不知道是罗里的话伤了他的感情，还是只是爆米花的作用，他觉得亨利看起来怪怪的。

"我也是太空赛车队的一员，"亨利说，"莫非你失忆了。"

"你才失忆了，你忘了我们在那场太空赛中拯救了火星，那可是我的母星！"

"快闭嘴！这是要保密的！"亨利回答，他的脸颊又鼓成了气球。

"哥儿们，你们正在破坏运动会的乐趣。"米莉说。

亨利的脸颊又恢复了原状："对不起。口水爆米花，要尝尝吗？"他说着，把袋子递给女

孩子们。

"不用了,谢谢。"米莉和天天一起说。

"口味很有趣哦。"亨利说完又抓起一把塞进嘴里。

杰克注意到亨利变得有些不太一样,只是他说不出来是哪里不对劲。

"你为什么来得这么晚?"杰克问。

"我来之前去升级了。"亨利说着打开自己的胳膊,给他们看他崭新的、超闪的、超高科技的齿轮。合上胳膊后他自豪地拍拍头:"我还被授予了这顶特别的帽子。我觉得帅极了。"

这就是他的不同之处。杰克已经习惯了亨利那黑色的大背头了,他又想起了亨利用过的零重力发蜡。虽然那是史上最臭的东西,但却帮助他们阻止了海王星坏小子队在火箭杯太空车挑战赛中炸毁火星的计划。杰克至今不敢相信，仅仅几个月前，他和他的朋友们完成了一项CIA的绝密任务，这项任务如此机密，连他们自己都毫不知情。不过，在罗里看来还记忆犹新，因为他还在对亨利没有告诉他们关于任务的事耿耿于怀。

好在今天他们可以尽情放松，享受运动会，而不用考虑CIA派遣的什么秘密任务了。亨利也已经得到属于他的奖励，没准还包括他正大声咀嚼着的吵人的零食。

"你那口水爆米花是哪儿来的？"杰克问。

但是亨利没法回答他——爆米花又在他嘴里膨胀开了。

场馆中上方的大门打开时发出了极其刺耳的声音，场里每个人都捂住了耳朵。当声音好

不容易停下了，运动会解说也随之开始。

"让我们欢迎机器人运动会的参赛队伍入场。"

当第一支机器人队豪迈地穿过大门入场的时候，杰克听到一阵金属摩擦的声音。它们在环形赛道上盘旋前进时，漆着亮黄色的金属身体像太阳般闪耀。它们走的圈越来越小，最后在场地中央组成了一个小圈。与此同时，该机器人创造者团队出现在场地四周的巨型屏幕上。所有的创造者团队必须由一个男人、一个女人、一个男孩和一个女孩组成。这四位创造者看起来好像几个月没洗澡、没吃东西了。他们的头发打着结，那个男人胡子拉碴。他们都骨瘦如柴，穿着同样的衣服。他们的工作服也许本来是白色的，但现在都是暗灰色，还点缀着墨水印、食物渍和一些看上去很恶心

的东西。他们挥动着干瘦的手臂，好像他们能看到现场的观众一样。

接着，一队橘色机器人入场了。它们的创造者和第一队完全相反，他们梳着光亮整洁的后背头，穿着笔挺的西装。橘队在黄队旁边站成了一圈。

其他的机器人队也陆续进场，最后浮环上出现了一个旋涡，像个彩虹色的蜗牛壳。最后一队的创造者们都戴着厚厚的眼镜，表情严肃，从屏幕里注视着场外。

最后，悬浮屏幕消失了，机器人向人群致意。色彩斑斓的悬浮赛道绕着运动场转着圈，缓缓落到地面。最后机器人散开，退下场去，手中还挥舞着代表它们队伍颜色的旗帜。

"比赛开始！祝最好的队伍获得胜利！"

播音员的声音逐渐消散，观众一边鼓掌一

边重踏地面,呼应着比赛开始,运动场内地动山摇。杰克看向天天,天天也对他笑了。他就知道,这将成为他见过的最棒的盛事。

医疗站

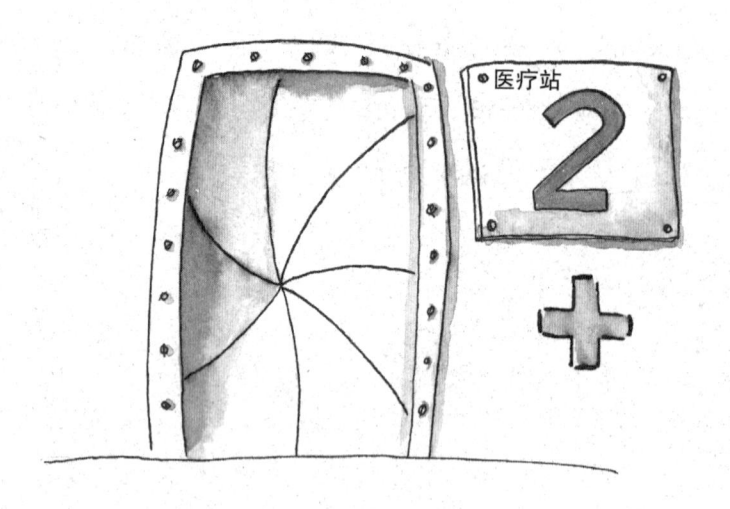

2

+

机器人运动会的第一个项目是机器人跳高。一道鲜艳的激光从场馆中央射出来，用来测量跳高的高度。第一个机器人跳得如此之高，成了上空的一个小点。他们都惊奇地看着——除了亨利，他抓了满满一把口水爆米花，咯咯地嚼着。当第二个机器人入场时，

亨利又抓了满满一把口水爆米花塞进嘴里。罗里翻了个白眼。

"你从哪儿得到的这些爆米花?"杰克说。

亨利打开自己的背包,那里面装了满满一包口水爆米花。电子人又开始大吃起来。他摸摸自己的胃,他的肚子抖动着,爆米花在他的肚子里跳跃着。

"你会吃到恶心的。"天天说。

"它确实让我有点渴,"他说,"我得去买杯饮料。"

但是当亨利要站起来的时候,他却动不了了。事实上他什么也做不了了,他宕机了。

"你怎么了?"米莉轻柔地拍着他的肩问。

"他可能只是关掉了自己。"杰克回答。他检查了下亨利的电量,但他还有百分之八十的电。他打开亨利手臂上的面板，里面的东西都又亮又新，看上去所有东西都运行正常。电线都在该在的地方，控制面板照常亮着。

天天站到亨利前面。她把手放在他的嘴前，然后又放在他胸前。

"肺功能正常，心脏也在跳，他看上去……被冻住了？"她说。然后她把手放在他的胃上说："不过，我可以感觉到爆米花还在他肚子里爆破。"

"我们该拿他怎么办呢？"米莉说，"不能就让他这样啊。"

"为什么不能？"罗里问。

三个朋友都瞪着他。杰克同意女孩们说的，他们得把他弄出运动场，带他去看医生，或者去那种电子人不能正常工作的时候该去的地方。

"我们先带他去运动场的医疗站吧,"天天说,"我们进来的时候我看到了一个标志,就在大门附近一个通道那头。"

"我们怎么带他去呢?"米莉问。

"我们必须得抬着他。"

米莉和天天架着亨利的胳膊,杰克抬起他的一条腿。接受了一包太空果汁糖的贿赂之后,罗里把手放在了亨利的另一条腿下面。

"好,数到三我们就抬起他。"杰克说。

其他人点点头。

"一、二、三……抬!"

他们抬不动亨利。实际上,他们没能让他移动分毫。就算对于四个人来说,亨利也太重了。杰克环顾运动场,如果他们抬不动他,旁边的观众也没人能抬得动。然后杰克发现一位保洁员驾驶着一辆机器清道夫。它那怪兽般的嘴吸进沿路的垃圾,而牙齿负责清洁灰尘和脏污。它正朝这边过来。

"看起来你们这些孩子需要帮忙啊。"保洁员在他们上方盘旋,面无笑容地说。

他的橘色胡子快要长及脚踝了,当他说话的时候他的胡子就上下抖动。他又大又圆的肚子卡在清道夫的把手上,当他皱眉的时候,额头上的皱纹杰克数都数不清。

"对,是我们的朋友。"天天结结巴巴地说。

保洁员向下看看亨利,他像个太空站一样稳坐在椅子上,只是他的肚子还在起伏。他费力地探出身体,把手放在亨利的胃部。

"口水爆米花。他吃了多少?"

"几袋,我估计,"杰克说,"是那个造成的吗?"

"可能是。"

"你能帮他吗?"天天恳求道。

"把他放到我的清洁车上来,然后我送他去医疗站。"保洁员说。

"谢谢!"杰克说,"我也一起去。"

"不,你最好待在这儿。"男人说道。

但是杰克坚持要去,并且爬上了清洁车。虽然他会错过一部分运动会,但他不放心亨利。

一小时后,杰克坐在了一个银色的房间里,墙光亮得像一面镜子。他轻轻地挪动了一下椅子,椅子腿在瓷砖上发出的尖利的声音回荡在房间里。两个护理机器人就在房间外,它们金属的身体在银色的椅子上几乎隐形了。

杰克向前倾去,亨利的眼睛还紧闭着。医生把听诊器放在亨利心脏的位置。杰克希望他们很快就能找到原因。一个工程师站在床的另一边,正在查看亨利的手臂。医生和工程师都在平板电脑上写了会儿,然后把它放在了床尾。平板电脑上的笔迹亮着,但从杰克坐着的地方,他没法读出字迹上的意思。

"他怎么了?"杰克忧虑地问。

"还需要再做些检查才能找出问题。给电子人看病很复杂。首先,我们需要搞清楚是机械问题还是生理问题。"医生先回答,她走路的时候身上的银色长袍发出飒飒的声音。

工程师也给出了回答,他的银色长袍闪着光。他们就像两颗星星,只是他们并没有照亮眼前的困境。

"我也同意医生说的,"工程师说,"今天早些时候他有过任何状况吗?"

杰克思考着。当然他吃了很多会爆破的爆

米花,但是那应该不至于让他宕机。然后他想起来亨利说自己刚进行过升级,也许是那个引起的,他可能短路了。杰克正要告诉他们,就在这时,亨利忽然从床上坐了起来。他的眼球翻转着,然后开始咳出大颗膨胀的口水爆米花。医生冲了过去,递给亨利一个呕吐托盘。

"这是什么地方?"等他咳完了,抖着声问道。

"你在医疗站里,"杰克回答,"你刚刚休克了。"

亨利看上去还是有些疑惑。

"在观看运动会的时候。"杰克又解释。

"运动会?什么运动会?"他问,"还有,你是谁?"

杰克倒抽一口冷气,难道亨利失去了记忆?工程师走过来,手里拿着个微晶片。他拉

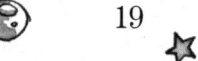

过亨利的胳膊，把微晶片安装进了控制面板，然后又合上了他的面板。他看起来很窘。

"对不起，刚刚我忘记把他的存储条放回去了。"

"我的背包呢？我的口水爆米花还在里面。我需要我的口水爆米花。"亨利几乎尖叫起来。

杰克松了口气。他又恢复正常了。

"它很好，在壁橱里。"杰克说。

"你不能再吃那么多了。可能就是它们让你休克的。"工程师解释道。

"对，他说得对，"医生补充道，"暂时别再吃爆米花了，嗯？"

"我们现在能走了吗？"杰克问。

"不行，他还得留下做进一步检查。我们还没有确定是什么让他宕机的。"

"我们得检查另一个病人,他从楼梯扶手上滑下去的时候摔了腿。"医生说着,翻了个白眼,"但是我们很快会回来给亨利做进一步检查。反正他也最好先休息一下。"

"好吧。"杰克转向亨利,"我晚点再回来看你。"

离开房间后,杰克的胃咕噜噜响了起来,他才想起自己还没有吃东西。他穿过连接运动场不同部分的通道,向自助餐厅走去。在路上,他想起亨利以及回去跟伙伴们怎么交待的问题,真希望一会儿医生和工程师能有答案。

3

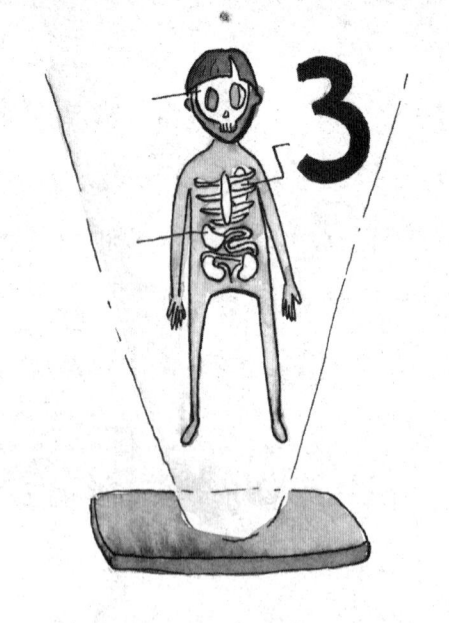

快速吃过简餐后,杰克回医疗站去看亨利,他又走上了那条长长的有回声的走廊。他不巧走进了那个摔断了腿的孩子的房间,不过最终还是找到了亨利的那间。他走进去的时候,倒抽了一口气,只有一张脆脆的铝质被单铺在床上,而亨利不见踪影。

发生了什么？杰克很懊悔，自己应该陪在亨利床边，但他以为亨利自己可以的，毕竟他已经醒了。如果他再次宕机了怎么办？杰克甚至不知道如果电子人不再工作的时候会怎么样。不应该把他当普通的机器人那样扔下不管的，不是吗？他还是半个人啊。杰克甚至想他可能再也见不到他的这个朋友了。

"你回来了啊。"一个声音从背后传来。

杰克跳起来，转过身去。他不敢相信，是亨利走了进来。他的头发湿了，一条毛巾搭在肩上。杰克这辈子从没像现在这样因为见到一个人如此高兴，他差点冲过去拥抱亨利了。

"你还有口水爆米花吗？"亨利平静地问他，"我的好像全没了。"

通常当罗里对电子人发脾气的时候杰克是站在亨利一边的。不过，这次轮到杰克生气了。

当亨利不在床上的时候,有那么一分钟杰克想过亨利可能死了,或者说永远地关机了——照他的理解这是一回事儿。杰克觉得自己开始颤抖,就像太空车跑太快的时候那样。

"口水爆米花?"杰克尖锐地说道,"你就只关心这一件事吗?"

"有什么问题啊?"亨利惊讶地问道。

杰克无视亨利,像旋风一样冲出了房间,出去的时候正好撞到了医生。

"哇哦,慢点。"她说道,大笑起来。

"对不起。"杰克咕哝。

"你能跟我来一下吗?如果你不是着急离开的话。"

杰克很乐意离开他那个感觉迟钝的电子人朋友,他跟着医生去了一个小房间。那个工程师

已经坐在一张灰色的月球岩桌子旁边,他示意杰克坐下。工程师在他的平板电脑上滑动着,最后停在了一页上。一个亨利的3D全息影像浮在屏幕上方。它看起来完全就是亨利,只是微小而透明。杰克可以看到他身体内部的所有器官。他有人类的心脏、肺和其他器官,但是一些骨头、肠子,甚至肾看起来都是金属的。

"亨利是个非常有趣的样例,"终于那个工程师抬起头看着杰克,"说说你是怎么遇到他的?"

杰克听到样例两个字,皱起眉头。虽然他刚才对亨利很生气,但他的朋友又不是一块金属。杰克不确定该怎么回答这个问题。他知道CIA是顶级绝密机构,所以也许他不应该告诉任何人亨利是谁,甚至医生和工程师也不行。

"嗯,我是在月球上认识他的,"杰克含糊

地说,"在太空驾校补习班。"

"唔,他身上的技术相当先进。"工程师说。

"他人类部位的功能水平也很高,"医生补充说,"尤其是脑功能超常。"

杰克不太明白他们为什么要跟他说这些。

"所以,他的问题在哪里?"杰克问。

"我们没发现任何问题。也许只是短路了。"

杰克想问问是不是亨利在CIA的升级跟这有什么关系,但是那样就会暴露亨利的身份。他决定保持沉默。

"我们现在能走了吗?"

"哦,可以,当然。"工程师说,他关上平板电脑,亨利的影像消失了。

"如果亨利再发生什么奇怪的事就直接来

找我们。"医生补充道。

    杰克和亨利终于回到了运动场。告诉朋友们亨利的情况之后，杰克也从天天那儿知道了运动会这边的情况。正在进行的项目是迷宫。每队要派一个机器人从一个相当复杂的迷宫里找到达到中央的路。不过杰克也没有错过太多，天天解释说。机器人们已经在迷宫里转圈转了一个多小时了，一个也没走到终点。

    杰克开始觉得有点无聊了。他不太确定是因为这个并无波澜的比赛，还是因为他还在担心亨利，虽然亨利刚才真是无礼，他想也许刚才应该告诉医生亨利升级的事。半小时后，绿队终于进到了迷宫的内圈，但是一堵玻璃墙倒了下来，挡住了它们的路。比赛继续进行，这比学太空车驾驶时被困在学校的太空轨道还要糟糕,杰克想。罗里打着哈欠,米莉闭上了眼睛,天天则忙着在她的平板电脑上做3D芭蕾舞程序。

然后还有亨利。开始他以为自己可以比那些机器人更快解决迷宫,但是现在好像也放弃了。他什么也没说,但是没过几分钟他就显得有些坐立不安。杰克甚至希望亨利继续嚼他的口水爆米花了,至少与不停地挠头,转来转去,或者从套头衫上扯线头相比,那还安静一点。

"你能不能消停会儿?"杰克终于忍不住了。

亨利看着他,好像杰克刚刚用个机器手掌打了他的脸一样。

"对不起,"杰克说,"但是你有点太闹了。"

"我没法阻止自己不由自主的动作。"亨利回答。

杰克感觉不太好,也许亨利还没从短路的问题中彻底恢复。

"要不我再带你回医疗站?"杰克问。

"不!"他很快回答,"就是他们造成的。"

"为什么?他们对你做什么了?"杰克问。

"他们说我两周内都不能再吃口水爆米花。简直太漫长了。"

杰克在座椅下摸索着,然后拽出亨利的背包,给了他一袋口水爆米花。

"别吃太多,行不行?"杰克说,"我们可不希望你再短路了。"

亨利兴奋地打开包装,整包倒进了嘴里。杰克忍不住突然大笑起来。谁能想到一个电子人也会对零食上瘾呢?正当他觉得亨利终于恢复正常的时候,他意识到自己错了。

亨利的眼球又翻了过去。

"亨利!"杰克大喊,"亨利!"

亨利没有回答。他的身体开始抽搐,胳膊变得比流星还亮。

"他又怎么了?"米莉喊道。

"我……我不知道!"杰克说,试图固定住亨利。

"我们得把他带回医疗站!"天天说。

好像是听到了他们的呼叫,清洁车又出现了。"我带他回去。"保洁员说。清洁车盘旋着,向着亨利飞低了一些,然后调正位置,把亨利铲了起来。

杰克还没来得及开口,亨利已经被清洁车带走了。

"他怎么知道亨利有麻烦了?"杰克大声说。

"真奇怪!"罗里也这么认为。

"至少我们知道有人照顾他了。"天天接过话茬。

但是罗里是对的。保洁员是怎么知道亨利正好需要帮助的?

杰克很快就忘了这件事,因为他身边的人群发出热烈的欢呼。他看向运动场,橘色

队的机器人终于到达了迷宫的中央。人群鼎沸——也许因为这项比赛终于结束了。人人都可以安心观看更令人激动的赛事了。

下一项赛事是怪兽卡车举重。巨型八轮驱动车被绞车拉进了运动场。这是一项对机器人力量进行的测试，举起怪兽卡车时间最长的机器人将获胜。

首先上场的是紫队。一个巨大的秒表出现在悬浮屏幕上。紫色的机器人伸出叉车一样的手臂，铲起了怪兽卡车。它举着卡车停了大约一分钟，但是随后它的金属叉车手臂就在重压下弯曲了，卡车倒下来，压在了机器人的手臂上。一个特殊的团队进来断开了手臂，机器人才得以离开运动场。

下一队是绿队，他们的机器人用水力手臂来举卡车。黄队的机器人用了巨大重量的平衡

抵消力来举卡车，维持了5分20秒，赢得了这场比赛。现在积分榜显示黄队领先。

接下来是机器人马拉松，这个项目测试的是机器人的电池寿命。有的机器人起跑慢以节省电力，还有一些选手跑在前面以占据主动。杰克看得非常投入，差点忘了亨利还在医疗站。机器人绕运动场跑了三圈后，开始跑向运动场的比赛中心。午餐休息的时候，它们在那儿可以进行最后一次充电，下午它们就要进行城市马拉松了。运动场四周悬浮的移动屏幕将直播机器人穿过城市，跑过摩天大楼间的狭窄街道。

然后，一个电脑的声音宣布午餐休息时间到了。在去自助餐厅之前，杰克和他的朋友们去了趟医疗站看望亨利。当杰克试图打开那个大金属门的时候，却惊讶地发现他们被锁在

外面了。他重重地敲门,过了一会儿,门开了一条缝,门上挂着链子以防被彻底打开,一个护理机器人的脸出现了。

"你们想要干什么?"它厉声问。

"呃,我们来看我们的朋友,亨利。"杰克说,几乎是以耳语的音量。

门在他面前嘭地关上了。他不确定那是什么意思。护理机器人的名声并不太友好,尤其当它面对的不是病人的时候。他推门,但门又被锁上了。

"我们现在该怎么办?"米莉问。

"我们先去吃午饭吧。"罗里说,"他们不想让我们进去。"

"不,我们等一会儿。"天天说。

结果证明天天是对的,几分钟后,门又打开了一点小缝。这次出现的是医生的脸,她看

上去很担忧。

"亨利怎么了?"杰克问。

"我怎么知道?"医生尖锐地回答。

杰克很惊讶,今天早上她还那么友好,现在却用这种语气跟他说话。"我们能进去看看他吗?"

医生什么也没说,还是直直地瞪着他们四个人。

"求你了!"天天恳求道。

医生撅起嘴:"对不起,现在不行。今天下午晚点时候再回来。"

门又一次在他们面前关上了。杰克看向他的朋友们,他们耸耸肩,看起来没人知道发生了什么事。

他们在自助餐厅慢慢吃着午餐。杰克摆

弄着盘子里的豌豆,他一点食欲都没有。天天放下了刀叉,她的午餐也几乎没动。

"希望亨利没事。"米莉说。

"好吧,我们不能只坐在这儿兀自担心。"天天回答。

"我们什么也做不了啊。"罗里说,"你们也听见医生说的了,我们得等到晚些时候再去。"

他们刚才确实被这样告知了,杰克想,但是他比其他人都更了解那个医生行为的异常。早些时候她是那么友善,甚至还问了杰克关于亨利的想法。天天是对的,在这儿自顾自地担心没有意义。他们得搞清楚到底怎么回事。

"晚些时候可能就太晚了,"杰克说着放下叉子,"我们必须想办法进到医疗站里去,找到亨利。"

"但是他们说我们不能见他啊。"米莉说。

"而且那儿锁着。"天天说。

"我知道一条可以进去的路,"杰克说,"今天下午所有人都在看马拉松最后一程的时候,咱们可以溜进去。谁来?"

天天、米莉和罗里互相看看,不用他们多说杰克就知道他们会同意的。

"我。"他们异口同声回答。

5

杰克以为进医疗站会很简单。他想到从出口处进去,医生和工程师曾让他和亨利从那儿出来。但这次连出口处的门也被紧紧锁住了。他们又去前门看,但是正如杰克所料想的,前门也是锁着的。他试图利用大门上方的钻石形的小窗户钻进去,只有米莉身材足

够小可能钻过去,所以他们把她托了上去。不过,不管她怎么努力,窗户也打不开。她又跳了下来。

"那现在我们该怎么办?"米莉问。

杰克皱着眉。他完全没主意了。

"我们只能等到晚一些时候,就像医生说的。"罗里说。

的确,罗里说得对,他们没有别的办法。但是杰克很担心,如果他们对亨利做奇怪的测试怎么办?里面什么都有可能发生。亨利虽然偶尔有些吵,但是他也很有趣,而且聪明,甚至还很关心他们——虽然他每次跟他们在一起的时候通常都是在执行CIA的任务……

"有了!"杰克喊道。

"什么?"米莉问。

"如果是CIA派亨利来的呢?也许他正在

执行一个秘密任务。我肯定这一切都和他的升级有所关系。"

每个人看杰克的表情就好像他玩多了仿真电脑游戏。

"怎么了?"

"你知道这听起来多疯狂吗?"罗里说。

"好吧,也许你是对的。"杰克叹气,但他心中还是有个模糊的念头在萌芽,而那肯定和亨利的宕机有些关系。

他们开始沿着连接通道往回走。忽然米莉低声惊叫。他们转过身去,医疗站的侧门开了。

"快藏起来。"杰克用气声说。

他们四个人藏在阴影处。有个穿着银色罩衫的人穿过开着的门,他左看看右看看,然后悄悄地关上了门。是杰克早些时候遇到的工

程师,他手臂下夹着一个金属盒子,进入了另一个通道,杰克示意大家悄悄跟着他。

他们蹑手蹑脚地走在阴影里。在金属表面上行走要保持安静很不容易。那个工程师时不时就停下来,似乎在判断周围有没有人,不过他一停下来他们也就马上停下,藏到电缆塔后面。杰克都已经开始思考如果工程师发现了他们,该编个什么理由。

在第三个通道的尽头,工程师打开了一扇红色的门走了进去,又轻轻关上了门。门上很高的地方有个窗户。罗里和杰克把米莉托了起来,这样她可以往里面看。她惊讶地轻轻喊了一声。

"是什么?"杰克急切地想知道。

"嘘!"米莉又吸了口气。

终于她示意男孩们放下她来。她看上去受

到了惊吓,面无血色。

"你还好吧?"另外三人同时说。

"那是赛事中放机器人的地方。参加马拉松的那些也在那儿,正在充电。它们都按颜色排着队。太惊人了。它们好整齐,分毫不差地排成队。它们之间的距离好像都经过精确地测量。它们那么……"

杰克开始不耐烦了:"那个工程师呢?"

"我看见他打开了他的金属盒子。那里面有几排电脑芯片,就像我们玩仿真游戏的时候用的那些,只是小一些。"

"还有呢?"杰克开始有些烦躁了。

"他给每个机器人装上了一个。"

"做什么用?"罗里问。

"他可能只是在给他们装程序,"天天说,"你知道,为闭幕式或者其他的节目设定

助推程式。"

杰克叹了口气。她可能是对的,看起来这只是一个工程师需要做的非常正常的事。可能是近期他们经历了太多冒险,对于一切正常的事情倒不习惯了。他开始觉得整个事情都有点傻。也许护理机器人锁上门只是为了更安全地护理亨利,防止几个吵闹的孩子一直打扰他们工作。

即便如此,回去看运动会的念头也不再那么令人兴奋了。

"我们回去吧。"杰克说。

他们都点点头,转身往回走。

他们回到座位时刚好看到马拉松再次开始,充好电的机器人看上去都精神饱满。城市街道上的屏幕显示了各队的机器人所处的位

置。这是一项非常精彩的比赛。没有队伍处在绝对领先位置。三支领先的队伍不停变换着位次，其他队则在不远处紧紧跟着。任何一队都有可能赢。

但是杰克根本不能专心观看，他的朋友们也不能。他们四个人都觉得如果这次杰克自己一个人去，可能运气会好点。所以当机器人快回到运动场的时候，他决定自己再去试一次。

无心身后人声鼎沸的欢呼，杰克又一次敲响了医疗站的门。此时工程师和医生应该已经治好亨利了，也许只是口水爆米花搞乱了他的系统。他们不想杰克太早探望，也是有道理的，他们也许担心杰克会给亨利更多爆米花。毕竟，亨利第二次宕机是他的错，就发生在他给了亨利爆米花之后，完全出乎他意料。

这次当护理机器人打开一点门后,杰克微笑着礼貌地说了"下午好"。这次护理机器人也回了个微笑,关上门去找医生的时候也轻多了。过了一会儿,医生礼貌地邀请杰克去亨利的房间。

"我很抱歉早些时候我们不能让你进来探视,"她一边走路,一边温柔地说,"我肯定你能理解,我们需要隔离他才能确保这次能找出问题。现在他可以跟你一起回去观看比赛了。"

杰克觉得自己的脸很烫。他刚才还臆想出那么多疯狂的事。

他们经过那个摔断腿的男孩的房间,他正在休息。还有两个房间里有人正在呻吟,那些人头上绑着绷带。终于,他们到达了亨利的房间。

"啊，我们到了。"医生说。

她打开亨利的房门。亨利正盯着天花板，看起来很无聊。杰克咳嗽了一声，亨利转过身来，很明显他很高兴见到自己的朋友。

"来吧，亨利！你准备好走了吗？"

亨利几乎是蹦下床来的。在他们回运动场的路上，杰克快速地告诉了他关于马拉松的事。亨利看上去又恢复成平常的自己了，一切感觉都正常了。或者说，有点太正常了？杰克很快甩掉了那个想法，他决定好好享受剩下的比赛。

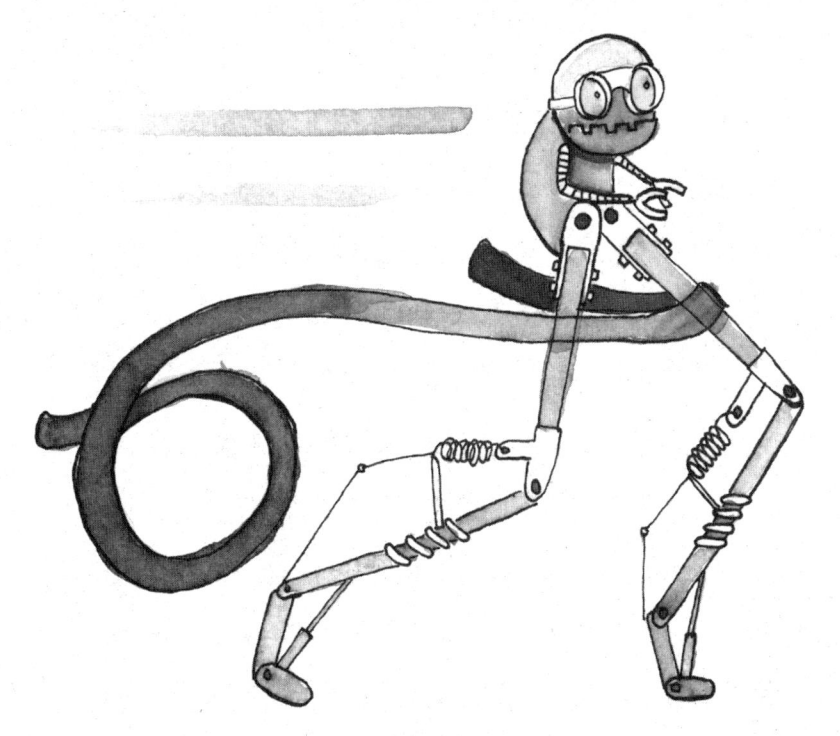

当第一个机器人马拉松选手跑进运动场的时候,爆发出杰克从来没听过的海啸般的欢呼声。选手们还有场内三圈。这场角逐在红队、蓝队和黄队的机器人之间进行。其他队的机器人还没入场。

惊人的是,三个领先队的机器人依然跑

得很快。快到终点的时候,它们跑得越来越快,最后成了三团模糊的色块。忽然,红色机器人一下子停住了。人群发出惊呼声。

"红色机器人怎么了?"米莉问。

"看起来它没电了。"亨利叹息。

"都接近终点了。"天天说,显得很失望。

"我希望蓝色的那个赢!"杰克说。

现在只有两个机器人竞争了,人群的欢呼声越来越大。人人都在为它们助威,蓝色和黄色的闪光在运动场里像流星般飞过。两个机器人如此接近,它们重叠在一起看起来就像一个绿色的色块,很难看清谁在前面。人人都在吹口哨、喝彩,包括杰克和他的朋友们。

但是当它们距离终点线只有几米的时候,蓝色机器人忽然停住了。这时的嘘声和刚才的喝彩声一样大。蓝队如此接近胜利,而最后却没能跑完比赛！黄色机器人像闪电一样冲过了终点线，然后倒下，瘫成了一团金属。在喧闹的人群中，它很快被一个移动清洁车弄走了。

　　下午的赛事继续进行。先是机器人疯狂金属球赛，然后是深潜和跳远。黄队仍然保持领先。杰克现在明白开幕式上黄队的创造者们之所以那么邋遢，肯定是因为他们比太空纺纱蜘蛛还努力工作，所以才能在这么多项目中表现如此优异。

　　下午的最后一个项目是机器人摔跤。对抗的机器人们穿着一层又一层的盔甲进入摔跤场。他们走在场地上的时候发出沉重的金属噪声。杰克很兴奋，这是一场真正展示金属强度的表演。不过，在观看的时候，他意识到这不只是关于强度的。比赛中机器人要互相抓住对方,这很不容易,因为它们的外壳都光滑锃亮。他现在明白为什么机器人的盔甲都是圆面的,而且那么光滑,这让它们要抓举对方都变得很难。

杰克观看着,惊叹着。紫色的机器人抓住了红色的机器人,它把对手举过头顶,转了一圈又一圈,最后一放手,红色的机器人像飞盘一样飞向了观众席。杰克听到一阵尖叫,附近的人群四散惊逃。它被抛得那么用力,最后它的头插在了后面一排的椅子中,要把它拔出来得费点力气了。

决赛的两位又是蓝色和黄色的机器人。它们扭作一团,难分伯仲,直到最后黄色的机器人跳到了半空中,重重地落在蓝色机器人的肚子上,让它短路了。

机器人运动会结束了。黄队获得了最终的胜利。

烟花从天空中倾洒下来，彩虹般五光十色的光环笼罩了整个运动场，人群欢呼着鼓着掌。空气中飘浮着久久不散的泡泡，它们飘荡着，不时变着颜色。机器人创造者们的面孔又出现在悬浮屏幕上。黄队的创造者们和开场时一样不修边幅，衣服上沾着污迹。不过现在彩旗环绕着他们，他们兴高采烈地庆祝着。第二名是橘色队，它们的创造者们仍然整洁干净，脸上也挂着微笑。

然后机器人选手们也再次进入了运动场。它们都进入了浮环，但这次是按顺序排列的，每个机器人都手持着闪亮的队旗。当它们挥舞旗帜的时候，人群又欢呼起来。

就在这时，发生了两件事，一切都改

变了。

第一件事,杰克看向亨利,发现他又宕机了。

第二件事,机器人不再挥舞旗帜,它们静静举着手臂,手停在半空,然后把旗帜扔在了地上。

与此同时,亨利手臂上的面板亮了,在他的皮肤下闪着亮光。

人群安静下来,机器人手中的旗帜从浮环掉到地上,杰克听到一阵叮当作响的声音。机器人开始变换队形,站成了一长排。杰克不明白发生了什么,难道这也是闭幕式的一部分吗?

"它们在干什么?"米莉皱着眉头轻声说。

"不确定。不过我不太喜欢。"杰克也轻声回答,"还有,亨利又宕机了。"

天天看向亨利,他又在座位上僵住不动了。

"那个医疗站对他做了什么?"天天担忧地咕哝着。

机器人变换队形,站成了八支队伍。忽然间,它们看起来更像是一支军队,而不是参赛选手。它们并拢着金属腿的声音回荡在寂静的运动场内。

亨利的手臂开始闪出一种由直线和点组成的奇怪信号。要不是已经被停用了几个世纪,杰克还以为他在发送莫尔斯电码。

机器人开始在现场行进,然后从运动场的大门向外走。沉重的大门在它们身后关上了——然后什么动静也没有了。没有人动,也没有人说话。看来不只是杰克和他的朋友们有所疑惑。这都是比赛的一部分吗?杰克想知道。还是有什么事情正在酝酿？

人群中的一个人飞快地跑向大门，她试图打开大门，但是就算从杰克坐的地方也可以看到大门纹丝不动。她大喊着什么，但是杰克听不见，不过很快她的话就在运动场内传开了，最终传到了杰克耳朵里："我们被锁在里面了！"

"不可能是真的。"米莉喊道。

杰克站起来，看到越来越多的人想去打开大门。但是第一个女人没说错，没人能打开它。他们被锁在运动场里了，而机器人在外面。但是，这是怎么发生的？还有，最重要的，为什么会这样？杰克转向亨利，他的手臂还在闪。这肯定跟机器人有什么关系。这是CIA的任务呢，还是正在发生着什么糟糕的事情？他希望这是CIA的任务，因为现在看起来太阳系最强的49个机器人被什么人控制了。

屏幕 **7**

杰克看向那些撞门的人群,然后又看看亨利,他更愿意相信只是口水爆米花让亨利短路了。但是刚才太奇怪了,在机器人变队形的那一刻,亨利的胳膊开始闪得像演唱会舞台上的灯光。他希望亨利现在能醒过来帮忙,如果有人知道该怎么让一堆机器人停下

来，那只有亨利了。现在，如果CIA真的是送亨利来阻止机器人的行动，他们的超级电子人可做得不够出色。

"我们得把亨利弄回医疗站。只有他们能告诉我们这是怎么了。"杰克对他的朋友们说。

"我们怎么做呢？"米莉问。

"你知道我们抬不动他。"天天说。

"真可惜那个清洁车没出现，不像上次那样。"罗里抱怨。

杰克也不知道他们怎么把亨利带去医疗站。摆渡出租车在闭幕式结束前是禁止进场的。"我去看看能不能找人帮忙。"他说。

"我跟你去。"罗里说，"总比坐在这儿看着亨利像个发光球一样闪个不停好。"

"我和米莉在这儿看着他。"天天说。

杰克点点头。

杰克和罗里沿着座位边走着。绕着上面的看台跑不用花很长时间，因为现在大部分人都冲到运动场里去想办法怎么出去了。但这样一来，就找不到人来帮亨利，而杰克不太想挤到下面的人群里。比起能找到帮手，更可能发生的是他们在那儿被挤成太空虫。

当人群开始恐慌的时候，场馆里越来越吵。他们可能在想永远也出不去了。罗里在前面跑，当杰克也有点恐慌的时候，罗里开始大喊并指着什么东西。杰克深呼吸了一下，追了上去。

罗里在一扇半开的门前停下了。除了一丝细微的白色光线从门缝射出来外，其他的杰克什么也看不到。

"什么?"杰克问。

"看!"罗里指着门上的一个标志。

杰克读道:"保洁员专用。"

"保洁车也许在里面。"罗里兴奋地喊道。

他们溜进了房间。虽然他们其实根本不用溜,因为大部分人现在都在场馆里。房间里装满了你能想象到的各种清洁用具,从秽物蒸发器到机器人垃圾移除杠杆。然后杰克找到了它——上次亨利短路的时候保洁员帮他们送亨利去医疗站的时候驾驶的那台清洁车。杰克向那个机器走去。

"它是怎么工作的?"罗里问。

杰克看向它:"看起来不难。"

他按下一个按钮,机器就咆哮着激活了,声音很大。真得庆幸附近没人。杰克爬上车,

他示意罗里也上来。罗里皱皱眉头，但是也爬到了车上。杰克把U形方向盘转向右边，按下了加速器。清洁车猛地转向了右边，嘭地撞上了架子，架子上的瓶瓶罐罐掉落一地。杰克按下一个红色大按钮，想着也许它能让这个疯狂的机器停下来。然而，它却让垃圾收集口不停地开关起来。

"杰克！让它停下！"罗里大声喊着，试着找到机器后面的按钮。他们嗖嗖转着圈，失去了控制，清洁车开始打扫架子上的瓶子和海绵，它一边吸一边嚼，留下一堆碎片。

杰克再次按下了那个红色按钮，收集口不动了，只是张得大大的。

"这台机器不像看起来那么容易驾驭。"杰克喘着气说。

"别开玩笑了。"罗里回答着，一边掸掉衬

衫上的海绵屑和清洁泡沫,"这次少加速,多转弯!"

杰克换到倒挡,慢慢加速。他刮到了门的一侧,刮散了门框,但终于连人带车出了房间。他转着车,终于徘徊到了看台座位的上方。他再次换挡,轻轻加速。不一会儿他们就穿过了运动场,速度越来越快,最后不断蹭着看台上的椅子。

"当心!"当他们逼近冰球看台的时候,罗里尖叫。

杰克上拉控制杆,升高了一点点。他逐渐熟练起来。

他们很容易就发现了亨利,因为他还在看台上闪着。下一个棘手的任务是要离亨利足够近而且不能撞到任何人、任何东西。杰克拉低车身,但是动作太快了,当杰克停下清洁车

的时候，天天和米莉及时从垃圾收集口前跳开了。

"好，现在我把他铲起来。"

女孩们皱着眉头，不太确定杰克能做到。罗里从车后跳了下来，帮助杰克调到合适的位置。一度几乎要把旁边的椅子铲起来的杰克，最终还是成功铲起了闪着光的亨利。他调转车头。

"我先带他去医疗站。"他在清洁车的轰鸣声中大喊，"咱们在那儿见！"

杰克在医疗站的前门门口盘旋，但是他又一次发现门紧锁着。他大声喊着，没有人应答。正当他要去中心侧门的时候，门轻轻开了。一个护理机器人从门内往外窥视。当它发现亨利时，那灰色的机器眼睛在眼窝里转来转

去。门砰的关上了。又来了,杰克想。但是这次他知道要等,不一会儿医生来到门口,她打开了门,让杰克进去。

他驾驶着清洁车跟着她进去。

"我希望你能理解,我们对放谁进来必须十分谨慎。"医生对清洁车喊,"现在的情况太糟糕了,不过幸运的是医疗站还在运转,至少现在还在。"

杰克点点头,他们沿着走廊走,直到到达上次亨利所在的房间。这次这里没有其他病人了,所有的房间都空着,这地方有一种怪怪的感觉,一队护理机器人进入了房间。

杰克僵住了。

"没事,"医生说,"护理机器人还在我们的控制下。"

机器托起亨利,把他放到床上。它们开始

捅他、戳他。

"嘿！对他轻点。"杰克喊道。

"别担心，"医生说，"它们都是技术很高的护工，被输入了最好的护理程序。"

杰克放松了一点点。他还是不喜欢看到亨利被举起来，翻转，打开。

"跟我来，"医生说，"他和机器人在一起会很好。你要理解在发生机器人运动员事件之后，他首先必须接受全身检查。"

杰克点点头，跟着医生走进了银色的走廊。

"别的病人呢？"他问。

"他们都恢复得很好，"医生说，"已经出院了。"

杰克觉得很奇怪，但是他们很快进入了那个有月球岩桌子的小房间。他跟着医生和工

程师进入屋子,又一次坐在了桌子前。

这一次工程师和医生都很严肃地看着他。他们告诉杰克,亨利需要密切监控,尤其是现在机器人运动员们控制了这里。杰克问起关于机器人的事,医生和工程师互相看了看。他们正要开始说,一个通信屏亮了,打断了他们的话。

布里和威尔——负责管理亨利的CIA成员居然出现了。他们僵硬地坐着,看起来很紧张。屏幕切换了,黄队的摔跤机器人出现在屏幕上。

"这条信息是发送给所有人类的,"机器人说,"太阳系现在已经处于机器人控制之下,所有人类都在我们掌握之中。"

"什么!"杰克喊道。

"嘘!"工程师粗暴地打断了杰克的话。

"所有建筑和房子都被机器人安保系统锁住了,你们没有机会逃跑。机器人是高等物种。我们将创造出一个没有人类情绪干扰的更高效的世界。人类,你们必须听从你们机器人主人的命令,否则就面临灭绝。"

杰克不敢相信他刚才听到的。那不可能是真的。

黄色的机器人在屏幕上说:"说话,人类。"

布里和威尔的脸又出现了。

"是真的,"布里结结巴巴地说,"连CIA也被接管了。为了你们的安全,请暂时按照机器人说的做。"

屏幕黑了。杰克知道他必须告诉医生和工程师关于亨利的一切了,这是他们唯一的希望了。

杰克尽可能简明地告诉医生和工程师，亨利其实来自CIA，还有他对亨利宕机的猜测，以及他奇怪的闪烁可能和机器人接管事件有关系。也许亨利正在发送某种控制机器人的信号？杰克说他觉得这一切肯定和亨利的升级有关，而那个给他升级的人很可能是

个为机器人工作的间谍。他说完之后,医生和工程师都沉默着,他们只是盯着杰克。然后医生摸了摸杰克的手臂。

"谢谢你告诉我们这些。我们会让护理机器人找出问题。别担心,会好的。"她说。

"对,当然。"工程师补充说,"你为什么不去找你的朋友们,让我们来处理亨利的事。"

杰克皱起眉头:"你确定?我可以留下来的。"

"不行,"医生厉声回答,紧接着她又恢复微笑,"对不起,我们都有点,呃,太担心了。但是我们可以解决。我们只是需要一些时间。1132号护理机器人会护送你安全离开这里。"

一个护理机器人忽然出现了,杰克还没能多说一句话,他就被带离了医疗站。

杰克紧张地站在机器人运动会的舞台上。天天、罗里和米莉就在他旁边。他们已经决定了要让运动场内所有人都知道医生和工程师会解决所有的事。人群因为不安而开始越来越暴躁。有些人已经开始为了食物打架。还有一群愤怒的人在努力打开主入口的门，虽然那儿已经被紧紧锁上，毫无可能。人们需要知道还存在着一丝恢复正常的希望。虽然杰克也不能完全肯定亨利能被修好，阻止机器人的接管，但他知道此时大家必须相信这种可能性。

杰克捡起广播麦克风，打开了它。

"嗯……请听我说！"杰克对着麦克风说。

他的声音在运动场里回响，但是似乎没什么人注意。

"嘿！大家请听我说！"他再一次说。

人们依然不在意。

"我们为什么不打开浮动屏幕？"天天建议，"那样他们就必须注意了。"

"好主意！"米莉回答。她跟罗里走向控制台，研究了一会儿按钮。他们找到了正确的按键，运动场四周的巨幕亮了。

"打开了！"罗里说。

杰克又试着说了一遍，依然没有人听。忽然屏幕花了，医生和工程师出现在上面。

"请注意。"工程师说，他的声音响彻运动场。

这一次人们都停了下来，听着工程师告诉人群所发生的一切。人们立即平静下来。

医生补充说杰克和他的朋友们在帮助大家出去，屏幕关闭之前，她要求人们听几个孩

子说的。杰克趁着人们注意力还在，接过话茬。他快速讲述了医疗站的人如何了解情况以及他们很快能解决问题。大家只需要更多一些耐心，一切都会恢复正常。他感谢了大家，希望他们听得进去，然后关上了麦克风。

一小时后，杰克、天天、罗里和米莉坐在一张桌子边，吃着不太糟糕的食物，有糊状蔬菜和派。时不时地，就有人走过来问要不要帮忙。神奇的是，早先的骚乱之后，一切都改变了。但是杰克对自己宣称的亨利能解决一切的说法并不是很有信心。

他们吃东西的时候，聊着发生的一切，试着寻找某种线索。最后，杰克耸耸肩，说他不知道为什么总觉得医疗站不太对劲。

天天对着餐盘紧蹙眉头若有所思，然后忽

然一下站了起来。

"等等!"她说,"为什么护理机器人会帮助修复亨利?现在可是机器人接管行动,不是吗?"

"对啊,"罗里补充说,"很奇怪它们竟然让你进去医疗站了。"

"还有,如果现在是机器人主宰一切,为什么护理机器人会按照医生和工程师的要求去做?"

"也许他们只是假装帮忙,"米莉说,"其实他们是在利用亨利和其他机器人保持着信号联系。"

糊状蔬菜似乎在杰克胃里变得更黏了。天天和其他人说的是对的,护理机器人帮助医生和工程师是不可能的。他知道他们现在必须回到医疗站去做些什么——要快!

"哦不！我希望我们不算太晚。"当他们到达医疗站的时候，米莉喊道。

他们四个人敲着门，但是不管他们多用力敲，这次再没有人应门了。

"我们试试侧门。"天天建议。

他们上气不接下气地跑到另一个入口处。杰克轻轻推门，门并没有锁。他轻轻打开门，四个人依次悄悄溜了进去。他们踮着脚尖走在走廊里，希望在护理机器人发现他们之前找到医生和工程师。当他们来到一个拐角的时候，杰克听到一阵急促的脚步声回荡在走廊里。声音越来越大了，护理机器人正向他们这边来。

"快！藏起来！"他说。

四个人躲进了空房间，快速拉上了银色门

帘。杰克从门帘缝里往外看。两个护理机器人从他们藏身的房间外径直走了过去。它们刚一走过，米莉不小心把工作台上一个金属托盘弄到了地上，发出哐当一声。

一个机器人停住了，另一个也跟着停了下来。它们慢慢转过头来。

"你听到了吗？"第一个护理机器人说。

"没有！"另外一个回答。

第一个机器人看看走廊，左右看看："我的感应器没有感应到任何移动的东西。"

"那我们继续吧。医生想在31秒内给电子人换一打新的电池，30秒、29秒……"

机器人走了，还在数着秒数。

"呼，好险。"杰克说。

"对不起。"米莉结巴道。

"别担心。"天天轻声说，其他人也给她

竖了一个大拇指。

他们往亨利房间的方向走去，最后在门口停了下来。杰克从窗户往里看，亨利还在闪烁。一个护理机器人拉出了亨利的旧电池，给他换上了一个新的。换上电池之后，他闪得比之前更亮了。

"这可不太好。"天天说。

然后杰克听到了一个声音。他往前探了探，看到医生和工程师也站在那儿。

"不可思议的工作，"工程师说，"我想我们现在可以休息一会儿了。"

"对，好主意。"医生表示同意。

杰克不敢相信他接下来看到的，医生和工程师摸进自己的衣领，拉下了自己的皮肤，把面具从头上扯了下来。

"这样轻松多了。穿着那个愚蠢的皮肤我

都看不清楚。"医生说。

在他们的皮肤之下,是一张金属的脸。

机器人的脸。

杰克控制不住自己,他尖叫起来。

机器人猛地转过头,直愣愣地盯着窗外。"是那些孩子。抓住他们!"工程师命令道。

护理机器人向门这边移来。

"他们都是机器人!"杰克向他的朋友们大喊,"跑!"

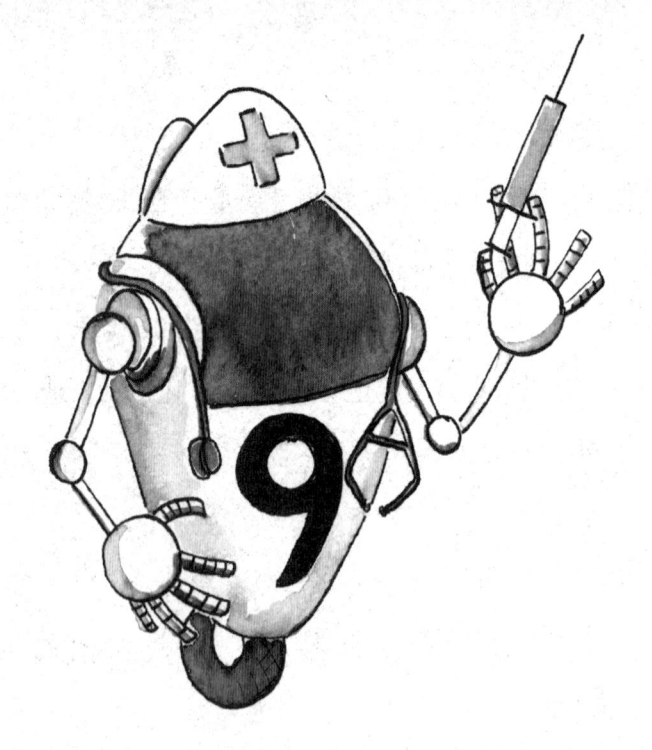

杰克、天天、米莉和罗里沿着走廊使劲跑。转过转角,向侧门跑的时候,他们从狭窄的通道滑了下去。杰克没有浪费一秒钟去回头看一下,但是他可以听到机器人在后面追赶他们。不过过了一会儿,声音逐渐变小,他以为他们可以甩掉机器人了。

他们最终到达了侧门,但是当杰克试图推开它的时候发现,门被锁了。他们使劲敲门,但是毫无作用,他们被困住了。米莉突然尖叫起来。杰克转过身,看到一个护理机器人抓住了她的头发,又用另一只像爪子一样的手伸向了罗里。另一个护理机器人扑向了杰克和天天。他们奋力反抗,但是毫无作用,机器人太强壮了。

他们被抓住了。

护理机器人拖着他们走回去,并把他们关进了房间。医生和工程师现在以机器人的真实面目示人了,坐在月球岩的桌旁。这次他们没有邀请杰克和他们一起坐。

"你可以离开了。"工程师对护理机器人说。

它们微微鞠了个躬,然后按照命令离

开了。

"你们不能这么做。"杰克喊道。

"为什么不能?"医生平静地说。

"因为是人类创造了你们。"

"啊,这是真的。但是我们做得比人类好。我们更聪明,更强壮,而且我们能永生。这就是为什么人类要创造机器人。我们能做你们做不到的事情。"

"但是有一件事情我们能做,而你们不能。"天天愤怒地说。

医生转向她:"那是什么?"

"我们有感情。"

医生笑了:"哈哈,我懂,这是个笑话。如你所见,机器人也可以模仿人类的情绪。"

"这和真正的感情完全不是一回事。"

"感情不是必需的。现在我们该拿你们怎

么办呢?"

"为什么不放我们走?"米莉说,"反正机器人已经接管,我们也做不了什么。"

医生似乎在用电脑计算着她说的话。"放你们走而造成不同结果的可能性是2.8%,不多。"他转向工程师,"你能确认吗?"

"嗯,"工程师说,他也开始进行电脑运算,"我得到同样的数据。"

杰克屏住呼吸。如果能出去,我们至少可以试着阻止他们,他想。

"但是我现在加入了情绪因素,看起来他们有98%的机会制造不同结果。"

"98%? 怎么会?"医生问。

"他们看起来对其他人类的行为有很大影响。实际上人类相信这些孩子们。我们不能冒险让他们走。"

不一会儿护理机器人回来了。杰克和他的朋友们被拖进了一个空诊室,然后被锁在了里面。杰克试着强行打开门,但是没有用。他们讨论着怎么逃出去阻止机器人的接管,但是一筹莫展。现在他们是阶下囚。

到四周变黑的时候,他们已经坐了几个小时了,杰克开始绝望,觉得机器人已经稳操胜券了。他们真的接管了整个太阳系。他开始觉得困了,不由得打起盹,头垂到了胸前。这时他听到房间外传来一阵吵闹。他跳起来,跑到窗边,罗里和天天跟着他,而米莉已经睡着了。

杰克从窗户看向走廊里,声音更大了,然后他看见了它——嘴张得大大的清洁车!那个长胡子的保洁员正驾驶着它。他靠近了,最后停在了他们门口。然后他拿出了一把钻石形状

的钥匙,打开了门。

"为什么……"杰克刚要说话,但是保洁员把手指压在自己嘴上示意他们安静。天天摇醒了米莉,他们迅速爬上了清洁车。空间很小,但是他们紧紧抱着对方,最后成功都登上了车,挤在保洁员后面。

"谢谢!"杰克轻声说,"你怎么知道我们在这里?"

"我的清洁车不见了,我猜可能是你们开走了。"保洁员也轻轻说,"幸运的是我知道到哪儿找它——医疗站外面。"

杰克结结巴巴道了歉,保洁员耸耸肩,给清洁车发了指令。

他们沿着走廊快速行进,从侧门出去,进入了连接通道。保洁员带给他们暂时的安全,但是当他们飞行的时候,杰克意识到他们离医疗站越来越远了。他们必须回去阻止机器人。虽然不知道为什么，但是他明白他们需要亨利来帮忙完成这件事。

"我们必须掉头回去找亨利。"杰克喊道。

"那太冒险了。"保洁员不同意。

"但是找到亨利是我们阻止机器人的唯一办法。"

"你们会被抓住的。"保洁员说。

"他是对的，我们必须阻止机器人。"天天同意。

保洁员还是拒绝停下来。杰克想出一个主意，虽然疯狂但别无选择。他让其他人抓好彼此，然后数到三，他们把保洁员从清洁车上推了下去，保洁员掉到了通道的地上。杰克调转清洁车，向着医疗站开去。他回头看到保洁

员面红耳赤，愤怒地挥舞着拳头。杰克对他做出一个"对不起"的口型，继续前行。他知道他们这次会回到亨利身边，只希望不会太迟。

亨利的房间在大厅的尽头，清洁车在这里停了下来。他们快速想出一个办法，让天天去分散护理机器人的注意力。一旦护理机器人去追天天，他们就冲进去把亨利带上清洁车。杰克希望这个计划能成功。

天天跳下车，开始在大厅里跑。杰克看到护理机器人坐在亨利房间门口的塑料椅子上。它们的眼睛闭着，正处于睡眠模式。天天几乎要从他们面前经过了，终于机器人的感应器激活了它们。它们的头向前咔嚓一摇，眼睛睁开了，但是还是花了一会儿才明白眼前发生的事。天天抓住机会在它们前面跑出了一段安全距离。

机器人从椅子上站了起来。天天在走廊里跑得更快了,机器人在后面追赶着,看起来计划开始生效了。

机器人离开后,杰克把清洁车开进了亨利的房间,他们把他弄上了车。杰克看到机器人几乎要抓住天天了,他吹了一声口哨。机器人忽然停住,转了过来。杰克指指亨利。机器人马上向他们跑来,清洁车也出发了。

他们驾驶着清洁车,很容易就甩掉了机器人。没一会儿,他们就安全离开了医疗站。他们在旁边徘徊了一会儿,等天天从侧面跑了出来,她脸红红的,喘着气。他们飞到她身边,把她铲起来,然后飞向了运动会自助餐厅。杰克看看亨利,他依然无声无息,他的手臂上还在闪着奇怪的点和直线组成的信号。他试图

回忆曾经在历史课上学的关于密码的知识。但是不论他怎么努力,就是想不起来那是什么意思。他只知道亨利与机器人接管一定有所关联,如果他们不能马上搞明白关联之处,人类就要永远处于机器人的控制之下了。

10

他们到达了自助餐厅,但一根大银链拴在门把手上,他们进不去。

"我们现在该做什么?"米莉喊道。

"让我来。"杰克说。

杰克打开了清洁车的吸收口,把车开向了前面。他用吸收口对准锁的下方,然后用力反

转。锁断成了两半。门开了，他们飞了进去。在自助餐厅里，杰克快速把清洁车开到了角落，把亨利放到了一排椅子上，让他躺在他们对面。他们挤在他面前，对电子人朋友有些束手无策。他的胳膊还在闪，没有人知道该拿他怎么办。

"我们需要弄明白为什么机器人的接管行动需要亨利。"天天说。

"肯定和他的升级有关系。"杰克说。

"CIA给了他一个新面板和一顶新帽子。"罗里说。

"他的新面板闪得像个发光球，"杰克说，"肯定是它。但愿我们能解读出那个密码。"

"我知道了！"天天说。

"你知道密码了？"罗里惊讶地说。

"不是。他换了个新面板，肯定有关系。但

还有一个——"

"——帽子!"杰克喊道,"你是天才,天天。"

他取下亨利的帽子。但是当他拿下来的时候,并没有发现什么异常,只是个普通的帽子,他沮丧地把它扔到一边。这时天天拍了拍他的肩膀,他转过身去,只见一根短短的电线从亨利的头上伸了出来。

"那是什么?"米莉喊道。

"我不知道。"杰克说,"但是我肯定以前他头上从来没有伸出来这样的东西。"

虽然杰克从来没有见过,但是那看起来很熟悉。他突然回想起自己的历史书,他终于想起来在哪儿见过那种电线了。在古代,在仿真玩具出现之前,有一些机器人控制型玩具,比如船、飞机和汽车玩具上就有这样的电线。

那根电线是天线。亨利是通过远程遥控来控制机器人的！如果亨利是发射方，那么机器人就是接受方。亨利手臂上闪的应该是某种信号，指挥他们如何行动。他想起来之前看到工程师把电脑芯片放进每个机器人。机器人的普通程序肯定都被换掉了。

杰克告诉了其他人他的想法。

"所以我们现在要阻止信号传输。"罗里说，"但是怎么做呢？"

"就算亨利宕机了，他也还在传输信号。"米莉补充说。

"让我们回想一下在学校学的，"杰克说，"远程遥控的玩具还需要什么？"

"一个控制它的人。"天天说。

"对，我们已经知道是医生和工程师在控制他。肯定还有别的什么。"

他们都努力回想,但是没有人得出结论。

"我们没时间了。护理机器人很快就会找到我们,他们不会很友善的。"罗里紧张地说。

正说着,杰克就看到了喷气式护理机器人向着自助餐厅大门这边来了,它们径直向他们飞来。

"我们该做些什么?"米莉喊道。

他们还是束手无策,不知道怎么才能让亨利停止发送信号。机器人向这边飞着,他们蹲在亨利身边,第一个护理机器人抓住了米莉,带着她起飞了。其他的机器人也纷纷抓住了杰克、天天和罗里。不管他们多用力挣扎,都没法从机器人手里挣脱。没一会儿,杰克就发现自己已经离开了自助餐厅,进入了连接通道。他看见亨利也被两个机器人带走了。

他们很快又降落在了医疗站,杰克觉得自己此时口干舌燥,如同月球表面一样干燥。机器人把他们扔在长长的走廊的尽头,而医生和工程师出现在了另一端。他们看起来很不高兴,一步一步笔直地走向他们。工程师手里拿着一个小小的长方形的东西。

杰克看着亨利,他手臂上的光亮正在变暗。杰克又看了看工程师手里的东西。

"是电池!"他兴奋地悄声说,以防被护理机器人听到。

"什么?"其他人跟他比口型。

"远程遥控还需要的东西,是电池!"

"对!"天天说,"这就是为什么他们把亨利留在医疗站。他的电池需要不断充电才能一直发送信号。"

在工程师到达他们面前之前,他们只有

几秒钟了。在护理机器人阻止他之前,杰克快速打开了亨利手臂上的面板,一把扯出里面的电池组,撕掉外包装,用尽全身力气扔向了走廊对面的墙。电池被砸开了,碎成片掉在了地上。

"不!"工程师尖叫。

那是他停下来之前说的最后一句话,他的手臂还向前伸着,他的机器手臂还抓着电池。他僵住了。医生也是,她在工程师身后定住了。护理机器人在他们旁边垮下,成了一堆金属。

"我们做到了!"杰克尖叫。

11

杰克和他的朋友们没等一会儿,一架时髦的钢制CIA飞船就来了。两名特工走了出来,看上去又疲惫又高兴。他们向孩子们走来。

"谢天谢地,你们想通了。"威尔说。

"对,如果没有你们,我们可能就要永远

被机器人奴役了,"布里补充说,"我们都处在他们控制之下,就算是CIA也没办法将他们推翻。

"你们一直都知道机器人的接管计划?"

"不!我们只是一直认为医疗站很可疑,这就是为什么我们派亨利来执行任务。"威尔解释。

"我们不知道里面都是机器人,或者说他们计划接管整个太阳系。"布里解释。

杰克看了一眼亨利静止的躯体:"我想有些东西你们可能忘了。"

特工们内疚地看向亨利。

"当然没有。可怜的亨利,我们会让特工马上修复他。"威尔说。

一名初级特工从飞船里出来了,带着一个长方形的盒子。它完全是透明的,里面装着各

种杰克从来没见过的工具。特工拿出一个圆头的纤小的工具。她拉过亨利，把工具放到亨利头上的天线上，轻轻一转，就将天线拔了出来。

"他需要一些头部修复和头发种植。"她皱眉看着亨利头上秃掉的一块说。

"对，我们晚些再操心那个。"威尔说。

杰克对特工笑了。她点点头，马上开始激活亨利。首先，她打开了亨利手臂上闪烁的面板，换上了一个旧的版本。然后放上了一个新电池组，最后关上了他手臂上的面板罩。

"让我们看看他是不是能正常工作了。"她说着，重新打开了他的开关。

亨利的眼睛睁开了，他看看右边又看看左边，看上去不太确定自己在哪儿，然后他说话了。

"我的口水爆米花呢?"

"你可能还没有修好他。"威尔抱怨道。

杰克和他的朋友们都笑了。

"怎么了?"威尔说。

天天咯咯笑着解释:"他可能正常了。他最近有点,嗯,对口水爆米花上瘾了。"

"哦,我猜我们最好回CIA总部去修复他。"布里说。

"好吧,现在是时候把这些流氓机器人从这儿弄出去了。"威尔说着看了一眼医生和工程师。

"他们会怎么样?"米莉问。

"他们会被重装程序,所有的机器人都会。"

"说到这儿,我差点忘了。在我们回收机

器人之前,我有些东西要给你们。"布里说。

特工拿出一个闪光的信封,杰克接过来打开,里面是四张闪着岩浆般红色光芒的票。他惊讶地看着特工。

"你们应得的奖赏。"布里说。

杰克不敢相信。他们都获得了和家人一起去金星空中酒店的度假机会。那是太阳系中最豪华的地方,至少他听说是这样。很少有人能去那儿——除非他们特别有名。

"哇哦!谢谢。"

"你肯定这不是另一个秘密任务?"天天问。

布里大笑,虽然杰克不完全相信,但是她坚称只是为了让他们去放松一下。

"没有你们我们根本做不到。我们完全不知道亨利被一个间谍升级了。他看上去那么……那么真诚。"布里说。

"我打赌他会被关在监狱里很久。"天天说。

布里和威尔互相看看。

"呃，好吧……"布里结巴了。

"你们还没抓到他，是吗?"杰克说。

"找到他并不难，"威尔的声音并不肯定，"就是那个橘色的大胡子。"

大家都看着彼此。

"橘色大胡子?"罗里说。

"保洁员!"他们一起大喊。

小伙伴们一起跑了出去，还拉着亨利，特工们一头雾水。

杰克和朋友们跑到保洁员的房间，希望能及时抓住他。当他们到那儿的时候，门半开

着,他们走了进去,但是保洁员并不在里面。

"我们来晚了。"米莉遗憾地说。

杰克努力思考,还有一个地方保洁员可能会去。

"跟我走!"他喊道。

杰克跑向医疗站,朋友们跟着他。他们跑到侧门,在连接通道里飞奔,直到到达第三个通道。红色的门打开着,如果他的直觉是对的,保洁员会从机器人停泊处逃跑。

杰克看着现在空荡荡的停泊处,这里安静且黑暗。也许保洁员没来这儿,或者他们来晚了,他已经逃走了。然后他听到了呼呼的声音,听上去像清洁车引擎发出的声音。

"在那儿!"天天喊道。

杰克是对的,保洁员在清洁车上。他们跑过去,但他坐在清洁车上,在他们上方盘旋,他们够不着。

"是你给亨利植入了发射器。"杰克越过轰鸣的机器声大声喊道。

"是你们破坏了我所有的计划。"保洁员恶狠狠地回道,"本来这件事很容易。我把发射器装到亨利身上,假装是一次升级。接下来,我插入天线,给他戴个帽子掩饰一下。最后,我给他很多口水爆米花让他短路,然后就可以实施远程遥控了。通过控制所有的机器人,我就可以实现接管太阳系的计划了。"

"所以你才告诉我永远不要把这顶特别的帽子拿下来。"亨利说。

"但是医生和工程师是怎么回事?"杰克说,"你是怎么控制它们的?"

"啊,聪明的男孩。"保洁员冷笑,"它们

是最复杂的部分。干扰这么高科技的程序可不那么容易，比那些简单机器人难多了。但我必须做到，这样即使计划失败，人们也会以为医生和工程师就是幕后主使。"

"所以，你怎么做的？"天天皱着眉问。

"最后其实很容易。我对它们做的就跟对其他机器人一样。但是我还给它们植入了一种特殊的程序，让它们告诉你们，它们才是幕后主使。那样一来，就没有人怀疑会是我，一个单纯的保洁员了。"

"但是为什么呢？"杰克问。

"你觉得清理一堆讨厌的观众留下的垃圾是很令人愉快的工作吗？我生来是要做大事的，而不是扫地和打扫垃圾。现在，对不起了孩子们，我要起飞了。"

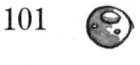

但是,他开着那台破清洁车永远也不可能逃出运动场,杰克想,他甚至都还没穿太空服,他开着那个敞篷车在太空里坚持不到5秒钟。但是接着清洁车的尾部开始动了,如敞篷车一样,一个圆顶覆盖了整台车,保洁员安全地置身其中,他在里面得意地对他们微笑着挥手再见。

"哦不!"米莉喊道,"我们现在没法阻止他了。"

清洁车向着出口飞去,门打开着,杰克知道再不行动,他就彻底逃跑了。

"我曾经以为他对我不错,给我一顶帽子和口水爆米花,"亨利说,"我不会让他走的。"当清洁车飞过亨利头顶的时候,亨利重重

踩了一下出口门边的一个面板。当第一道门打开,保洁员进入气闸室的时候,亨利输入了一串密码。他们紧紧跟着他,当门关上的时候,亨利按下了另一个按钮。

"好了!"他说,"他被锁在里面了。现在他哪儿也去不了了。"

"干得漂亮,亨利。"罗里说。

亨利难掩喜色,罗里很少对电子人说什么好话。

没一会儿CIA特工就追踪亨利来到了这里。布里和威尔看上去很吃惊,这些孩子们竟然抓住了机器人接管事件的主谋。

"干得好!"布里说。

威尔示意亨利打开门。他们打开清洁车的顶部,布里和威尔以及初级特工把保洁员从逃生舱拉了出来。

"跟我们走。"威尔说着给他戴上了手铐。

"哦,还有你的口水爆米花。"布里把袋子递向亨利说,"你值得拥有。"

亨利摇摇头,把袋子推开了。

"我想我要戒掉它。"亨利说。

"好主意。"天天插嘴。

当CIA特工把保洁员带上他们的飞船时,杰克和朋友们走出了运动场的前门。太空车停车场几乎已经空了,所以他们都看见了杰克的爸爸停车时差点撞上了墙。杰克不好意思地对朋友们咧嘴一笑,而朋友们正一个个笑得前仰后合。

"金星见。"他说。

他们互相挥手道别,杰克往太空车走去。

"杰克!"妈妈叫着,跳出车子给了他一个大大的拥抱,好不容易才放开他。"听说机器人接管事件发生后,我们好担心你。你能安全地待在运动场里真是太幸运了。"

杰克爬进车,偷偷笑了。